I0557172

FREDDIE, el ratón que habla

Wendy Tarasoff

Este es un trabajo de ficción.

Recomiende que un adulto supervise las actividades..

Publicaciones de tortugas

wtarasoff7@gmail.com

Copyright © 2021 Wendy Tarasoff

Todos los derechos reservados.

ISBN: 978-0-9918581-9-4

Para la familia lo es todo. Y a los amigos que han apoyado mi trabajo como escritora: Christine, Andrea, Louise, Dawn, Seann y Joy, les doy las gracias de todo corazón.

LIBRO 1

ENCUENTRO CON FREDDIE

Érase una vez un ratón llamado Freddie. Era un pequeño ratón gris y tenía una pequeña nariz negra con largos bigotes que le cosquilleaban.

Un día, olió algo.

Salió por la puerta principal, que era un agujero en la pared de la cocina, y salió a su balcón, que era un pequeño estante que estaba a unos quince centímetros por encima del mostrador de la cocina. (El estante estaba al lado de la pared que tenía un cable de extensión como una cuerda en un gimnasio.)

Siempre había deliciosos olores provenientes de la cocina, pero en este día en particular Freddie olió a queso y a galletas saladas. "Oh, cielos", dijo, "Mi comida favorita". Bajó el cable de extensión y aterrizó en el mostrador.

Cuando mamá le dio la espalda, Freddie agarró un trozo de queso y corrió detrás de unas ollas para comérselo. A Freddie también le gustaban las galleta saladas y estaba pensando con los bigotes puestos. *¿Cómo consigo esa gran galleta salada en mi balcón?*

La galleta salada era *grande*: tenía cuatro veces su tamaño, pero a Freddie le gustaba resolver problemas. Dado que el queso estaba en un lugar seguro, Freddie corrió hacia la galleta salada. Agarró la esquina y la arrastró hacia el cable de extensión, y luego trató de levantarla. "Dios, es muy pesada, pero *muy deliciosa*, deliciosa". Tuvo que volver corriendo al queso a toda prisa cuando venía mamá.

"Eso es gracioso. Podría haber jurado que puse un poco de queso aquí, y esa galleta salada está allá. ¿Quién de ustedes tomó el queso y la galleta salada?" dijo mamá.

"No fuimos nosotros, pero ¿podríamos tener un poco también?", intervino una niña y un niño. Cada uno recibió una galleta salada y queso.

¡La galleta salada original de Freddie ya no estaba! Pero no se sintió frustrado. Cogió su trozo de queso y trepó por el alargador. Metió el queso en el agujero de la pared. Una vez más, sus bigotes se movieron mientras pensaba en qué hacer. *Podría comerme el queso o volver a buscar mi galleta salada también. Tengo razón.* Decidió conseguir aún más queso o incluso una galleta salada y salió al balcón, y bajó el cable de extensión.

Freddie salió corriendo de detrás de una olla y corrió hacia ella.

Agarró la galleta salada y, con un gran salto, saltó al aire con ella; trató de ponerla en el balcón, pero no funcionó. No podía saltar lo suficientemente alto para alcanzarlo. Lo intentó una y otra vez, pero estaba haciendo algo de ruido, y Johnny lo sorprendió tirando de la galleta salada hacia el cable de extensión.

"¡Un ratón!" gritó Johnny.

"No cualquier ratón. *Soy* Freddie, por favor, si no te importa, ¿puedes poner esta galleta salada en ese balcón por mí?"

"¡Un ratón que habla!"

"Silencio. Todo lo que quiero es la galleta salada en el estante, por favor".

"Ya veo."

Johnny apenas podía alcanzar el pequeño estante y acercó una silla al mostrador para hacerlo. "¿Por qué quieres la galleta salada?"

"Me encantan las galleta saladas y he intentado 52 veces conseguirlas aquí".

"Eso es muchas veces."

"Sí, Freddie subió el cable de extensión y se sentó en su balcón." ¿Puedes poner la galleta salada aquí? "

"No, no lo creo. Creo que tengo una solución a tu problema."

"¿En serio? Prefiero hacerlo todo yo solo."

"A veces, un ratón solo necesita un poco de ayuda, ya sabes", dijo Johnny.

"Bueno, quiero hacerlo muy rápido antes de que regrese tu mamá".

"Está bien, vuelve aquí. Aquí tienes un trozo de queso que pondré en tu balcón".

"¿Qué tengo que hacer?"

"Agarras la galleta salada, saltas al cable de extensión y rebotas el cable en el balcón".

"¡Eso suena como un monton de trabajo!" dijo Freddie.

"Te contaré una historia. Érase una vez un ratoncito que quería una galleta salada. Intentó con todas sus fuerzas conseguir una.

"Finalmente, lo hizo. Lo vi hacer lo que estás a punto de hacer Incluso en el mundo humano aprendemos a pensar en *grande* y luego simplemente lo hacemos.

"Hubo un hombre, Usain Bolt, que rompió el récord al correr la carrera de 100 yardas en 9.58 segundos. Hizo lo que ningún hombre había hecho antes: rompió el récord, y eso nunca se había hecho.

"¡Intentó y falló e intentó un poco más, y como siguió intentándolo, hizo historia! ¡Corrió más rápido que nadie, y eso fue noticia!"

"¿De Verdad? Pero soy tan pequeño. ¿Cómo podría hacerlo? Eres muy inteligente."

"Sigue intentándolo y no pares. Cincuenta y dos o cien veces más. No pares".

Freddie movió sus bigotes hacia arriba y hacia abajo y dijo: "Bueno, está bien". Arrastró la galleta salada más cerca del cable de extensión. Agarró la galleta salada y, con todas sus fuerzas, saltó hacia el cable de extensión. El lo hizo. Rebotó en el cable y aterrizó en su balcón.

"¡Dios, lo hiciste! ¡Lo hiciste!"

"Sí, lo hice", dijo Freddie, respirando muy rápido.

"Veo que vas a tener problemas para meter esa galleta salada en tu pequeña casa de ratón, así que la cortaré en pedazos más pequeños para ti.

"¿Con quién estás hablando?" Preguntó mamá.

"Solo un ratón que habla, mamá". Johnny dijo mientras metía las piezas.

"¿Mamá? ¿Crees que puedo atrapar al ratón que habla con una caja, medio crayón y una cuerda?"

"Saca la caja del lavadero. Pon un poco de cereal debajo de la caja. Apoya la caja con medio crayón. Ata una cuerda al crayón para que cuando llegue el ratón puedas tirar de la cuerda y cerrar la caja. ¡Y luego espera...! "

"Oh no", dijo Freddie. "¿Por qué no vienes a visitarme y podemos hablar?"

LIBRO 2

EL GRAN ESCAPE DE FREDDIE

Johnny esperó mucho, mucho tiempo. Sostuvo la cuerda atada a medio crayón; el crayón sostenía la caja de cartón. Debajo de la caja había un poco de cereal. Johnny estaba casi dormido cuando escuchó un masticar que venía de debajo de la caja. Tiró de la cuerda; el crayón voló por el aire y la caja cayó completamente sobre Freddie, el ratón parlante.

"Te atrapé", dijo Johnny emocionado, "¿Pero cómo puedo sacarte de la caja?"

"Intenta levantar la caja", dijo Freddie.

"Vas a escapar".

"Apuesto a que lo haré. Quiero vivir en tu casa, pero no en una jaula. Escapar del laboratorio y de un científico loco de dos piernas y cuatro ojos fue mucho, Johnny.

"Entonces, ¿dónde vivirás?"

"Mi casa tiene una área de almacenamiento en el piso de arriba. Incluso hay un agujero en el dormitorio al que puedo ir a visitarte".

Johnny recogió la caja de cartón. "¿Dónde estás?"

"Baja la mano y me arrastraré sobre ella". "

Siento tus pequeños pies, pero no puedo verte".

"Sí, estoy usando un capa de invisibilidad que me ayudó a escapar del laboratorio. "

"Oh, eso me hace cosquillas ", dijo Johnny.

"Ahora llévame a la cocina cerca del cable de extensión, para que pueda brillar en mi balcón al lado de mi agujero en la pared ".

Johnny suavemente colocó al ratón en el balcón y Freddie se quitó la capa de invisibilidad.

"¿Dónde duermes?"

"A veces duermo aquí; a veces duermo en una de las escaleras que conducen a tu habitación. ¿Quieres ver? Ve a las escaleras y sube al primer escalón de madera y mira adentro (la escalera que más chirría). ¡La próxima vez, camina suavemente cuando bajes las escaleras! Yo lo llamo mi escondite ".

Johnny salió de la cocina y fue a las escaleras, y levantó la madera del escalón inferior. Miró adentro. Había una casa entera allí con una cama con dosel para dormir. Volvió a poner el techo en la casa. Fue arriba y luego de vuelta a la cocina.

Freddie había entrado por el agujero en la pared y había colgado su capa de invisibilidad en un perchero. Freddie tuvo un buen comienzo cuando vio uno de los ojos de Johnny mirándolo a través del agujero en la pared. "Oh, eres tú. ¿Qué quieres?"

"¿Cómo hiciste una capa de invisibilidad de tu talla?"

"En el laboratorio, el científico loco la estaba probando. Pensó que era una buena idea hacerme uno, así que me escapé con la capa. Tienes queso? Amo el queso. . . . "

" --Toma, tómatelo tú mismo. "Johnny puso un trozo de queso en el balcón." ¿Entonces mamá no puede verte? "

Freddie masticaba con sus bigotes. "Así es, mastica y mastica, ay mmm. Déjame terminar y me iré a tu habitación. Espérame allí ".

Cuando Freddie llegó al dormitorio, había corrido a lo largo de la casa a través del cuarto de almacenamiento, a través de la pared y debajo de la cama; Freddie asomó la cabeza por un agujero. Corrió hasta detenerse. , y respiraba con dificultad. "Johnny, ven a buscarme y ponme en tu escritorio. Bueno. Ahora, búscame algo con que esconderme en caso de que venga tu mamá. "

Mamá vino a la puerta". ¿Con quién estás hablando?

"Te lo dije mamá. Es Freddie. Él habla".

"¡Ay, Dios! Hice este pequeño arnés para Freddie para que puedas llevarlo a caminar afuera". Salió de la habitación después de darle un beso en la frente a su hijo.

"¿Aprovechar? ¿Caminar?" Freddie cuestionó a Johnny aún más preocupado. "Tu mamá debe tener ojos en la parte de atrás de su cabeza. No vas a hacer que me ponga esa cosa, ¿verdad? No soy un guau, guau, y tampoco me voy a poner eso ".

"Freddie, ¿cómo aprendiste a hablar?"

"El científico loco siempre usaba un diccionario y yo veía programas para niños en la televisión. Puedo contar hasta 112 ".

"Genial Freddie, tengo un proyecto de ciencia que hacer para la señorita Watson el próximo miércoles.

"¿Qué? ¿Un experimento?"

"Tengo que escribir un informe basado en el método científico".

"Yo, puedo ayudar con eso." Freddie limpió sus bigotes de queso sobrante.

"Freddie, yo elijo el experimento."

"En mi no, no lo harás. Tengo una mejor idea. ¿Por qué no pescas y ¿Obervas a un cangrejo de río? Escribe esto ".

La fecha en que comenzó el experimento...

La fecha de finalización del experimento.

Lista de equipo y personas necesarias:

1 palo de sauce sin hojas

1 trozo de hilo de 4 a 5 pies de largo

1 paquete de tocino

1 balde de helado vacío y

1 padre o maestro para llevar a un arroyo cercano donde el agua no se mueva demasiado rápido.

Método:

1. Ata el palo de sauce con la cuerda de 5 pies en un extremo asegurándose de que esté seguro.

2 Ata un trozo de tocino al otro extremo de la cuerda.

3. Tira la cuerda con el tocino al agua.

4. Espera a que las garras de cangrejo agarren el tocino.

5. Saca la caña de pescar del agua rápidamente.

6. Pon los cangrejos de río en el balde de agua.

7. Observa el cangrejo de río.

8. Repetir.

9. Guarda un cangrejo de río para que Freddie se lo coma.

Observación:

Esto se puede completar más tarde….

Se hizo un silencio mientras Johnny escribía lo último. "¿Y ahora qué?"

"Descubre algunos datos sobre los cangrejos de río en Internet con la ayuda de tu madre y escribe tu conclusión. Déjame salir de tu escritorio ahora". Con eso, Freddie desapareció debajo de la cama.

LIBRO 3

OCHO RATONES ALTO

Johnny estaba haciendo la sección de observación para su Informe de cangrejos de río para la escuela, y Freddie, el ratón parlante, le estaba dando a Johnny una conferencia sobre cangrejos de río desde el escritorio de Johnny.

Freddie tenía una pequeña mesa de dibujo y escribió: "Hay muchos, muchos tipos diferentes de cangrejos en el mundo. Algunos son buenos para comer ". Dibujó un cangrejo de río en la pizarra y dijo:" Mira aquí... ". Señaló la imagen. Esa es la parte sabrosa ". Freddie dibujó una flecha en medio del cangrejo de río y dijo: "*Delicioso*".

"¿Cómo te enterastes de los cangrejos?" preguntó Johnny.

"¿Dónde crees? Aprendí a leer en el laboratorio y en Internet." Los bigotes de Freddie se movieron y su naricita se arrugó en una sonrisa. Pensaron que era un ratoncito tonto, pero yo creí en mí. Un día un técnico del laboratero se acercó con una langosta en la mano y dijo: "Mira, esto es una langosta. Es demasiado grande para ti, pero un cangrejo de río es más de tu tamaño".

"Vayamos en línea y busquemos más información sobre ellos", dijo Johnny.

Freddie respiró hondo y corrió por el teclado. Hubo un clic de los botones. "Te sugiero que hagas esto porque es más difícil para mí". Freddie exhaló y presionó la tecla de borrar por accidente.

Johnny se rió. "No eres un ratoncito tonto; sabes dónde pedir ayuda". Johnny presionó las teclas y apareció una página web con enlaces. "Haces clic en el enlace y entras en la madriguera del conejo. No sé por qué lo llaman madriguera de conejo porque no tenemos un conejo". Johnny se rió.

"Tuve que aprender tu idioma porque hablo ratón con fluidez. Usamos mucho nuestros bigotes para hablar entre nosotros, y los chillidos que hacemos significan algo. Los bigotes de Freddie movieron esto y aquello, y luego dejó escapar un pequeño chillido. Eso es 'conejo' en lenguaje ratón. Un conejo en nuestro idioma tiene la longitud de tantos ratones ".

"¿Y en qué se traduce eso?"

"Bueno, es una estimación aproximada, en realidad. Depende del tamaño del conejo. Un conejo bebé pequeño podría tener tres ratones de altura y un conejo más grande tendría más de 10 ratones".

"Me olvidé de preguntarte, Freddie, ¿tienes familia?"

"Sí, vivimos en el bosque junto a un árbol sagrado. Teníamos que tener cuidado con Godfrey".

"¿Godfrey?"

"Sí, es un búho que pensó que era mucho mejor que los ratones. Godfrey no era sabio en absoluto. Godfrey hablaba mucho y nuestros oídos dolían por muchos gritos. Cuando se detuvo, estábamos tranquilos. Cuando Godfrey gritó, corrimos hacia el agujero. Ojalá hubiera tenido la capa de invisibilidad en ese entonces. Ahora con la capa puedo caminar por el bosque sin que Godfrey me vea, pero tiene ojos agudos".

"¿Por qué mides por la altura de un ratón, Freddie?"

"Cada ratón participa en una competencia de saltar y correr. Saltamos y el ratón que puede saltar más alto se convierte en nuestro líder. Ellos llaman al líder el Ratón Principal. Actualmente, tengo el título de Ocho Ratones Alta".

"Ya veo", dijo Johnny pensativo. "He terminado el Informe de los Cangrejos de río".

"Genial, Johnny. Necesito algunos muebles para mi casa de ratón en la cocina, incluso algunos muebles de balcón ".

"Podría robar la casa de muñecas de mi hermana, y tal vez podamos ir a una tienda de segunda mano a comprar algo. ¿Cómo vamos a meterlo todos en tu agujero en la pared?"

"Está bien, usaré la capa de invisibilidad. Déjame preocuparme por cómo colocar los muebles porque tengo una idea".

Sobre el Autor

Sobre el autor

WendyTarasoff, BUna
Nombre de la pluma Wendy Turner

Wendy realizó palabras y oraciones marcaron la diferencia de su escritura. Ella fue de escribir papeles de grado E de escribir en una obra de A ++. Creció en una casa de tradición oral contar historias en torno a la mesa de la cocina, y trabajó como camarera, jockey de gas y luego como secretaria. Completó su título en inglés en Simon Fraser University mientras que comía mucho chocolate. Wendy ganó un premio para la poesía: los jueces para la competencia de poesía eran alcaldesa alejada de la ciudad de New Westminster, y uno de los dos reposiciones de poeta en Canadá.

Ella ha publicado tres libros de niños-*Asustar la oscuridad, perla del dragón,*y*Freddie, el ratón hablando.Freddie*está en versiones inglesas y españolas. Ella también ha escrito el*Salsa secreta de oraciones,*un libro para ti en sentence structure. Wendy acaba de completarlos toques finales en un thriller de asesinato romance,*Diamante*En las versiones de inglés y español.

Su trabajo se puede encontrar en Amazon.com adentroER Real o Pen NombreesLogiudad bajo autor autor trabaja al comienzo del libro. Ella también ayuda a que los escritores obtengan su escritura editada para Amazon.com. Además, tiene diseñadores en el toque para su cubierta de libro especial.

Llegar a Wendy directamente enwtarasoff7\@gmail.com.Por favor, deja una reserva de libros que ayudan a un autor. Aprecio tus comentarios.

www.ingramcontent.com/pod-product-compliance
Lightning Source LLC
Chambersburg PA
CBHW061507170626
46811CB00004B/1635